유기견
흰둥이의선택

KB191968

글 신종호

미국 브리검영 대학교 언어학과 졸업
미국 조지타운 대학교 비교언어학과 석사과정
동시통역사
아마추어 동화작가

그림 신은서

부산 신곡초등학교 2학년
꼬마화가

유기견
흰둥이의선택

초판 1쇄 인쇄 2011년 12월 19일
초판 1쇄 발행 2011년 12월 26일

글 ㅣ 신종호   그림 ㅣ 신은서
펴낸이 ㅣ 손형국
펴낸곳 ㅣ (주)에세이퍼블리싱
출판등록 ㅣ 2004. 12. 1(제2011-77호)
주소 ㅣ 153-786 서울시 금천구 가산동 371-28 우림라이온스밸리 C동 101호
홈페이지 ㅣ www.book.co.kr
전화번호 ㅣ 2026-5777   팩스 ㅣ (02)2026-5747

ISBN 978-89-6023-709-4 03810

아빠가 쓰고 딸이 그린 동화

유기견
흰둥이의 선택

글 신종호 / 그림 신은서

머리글

해충을 죽이고, 생존을 위해 고기를 먹어야 하는 순간에도 생명의 소중함을 알아야 한다고 생각합니다. 생명은 순환이고 주고받는 것이니까요. 인간의 즐거움을 위해 길러지는 수많은 반려동물들이 진정한 의미의 함께 살아가는 '반려'가 아니라 장난감 같은 도구로 전락해 가는 현대 사회에서 자라나는 세대에게 생명의 소중함을 일깨워 주어야 한다고 생각했습니다. 이 동화는 저희 가족과 관련되어 일어난 일들을 많이 담고 있습니다. 생명이 상품화된 이 세상에서 순수한 생명사랑을 실천하고 계신 많은 사람들의 아름다운 열정을 저희들은 경험할 수 있었습니다. 그 아름다운 많은 봉사자들과 반려견을 둔 많은 가족들에게 읽혀졌으면 하는 바램입니다.

　이 책을 쓰면서 우리 곁에 겨우 7개월 동안만 있다가 무지개다리를 넘어서 별이 된 반려견 루이를 많이 추억했습니다. 또한, 이 이야기를 쓰는 데 많은 영감을 불어넣어 준 아내 지혜, 꼬마화가인 딸 은서, 늠름한 아들 현서에게 감사를 전합니다. 이렇게 나이가 40이 넘은 중년의 나이에 부끄럽지만 도전하게 된 것은 작가가 되라고 격려해주셨던 아동문학가 김상남, 김문홍 선생님과 보냈던 아름다웠던 초등학교 시절의 추억에 대한 개인적인 의무감 때문이기도 합니다.

　이 이야기를 통해 ahimsa(아무에도 해를 주지 않음)의 태도로 veneratio vitae(생명 경외)를 생각해보는 작은 계기가 되었으면 합니다.

지은이 신종호

1

끼이이이익. 철문을 힘겹게 비집고 햇살이 쏟아져 들어 왔습니다. 이제 다시 아침이 된 것입니다. 도대체 며칠이 지났는지 모릅니다. 아침저녁으로 저 힘겨운 철문이 열리 고 닫힌지 벌써 수십 일이, 아니 몇 달이 지난 것 같습니 다. 몸이 익는 듯한 더위가 지나고 이젠 이른 아침과 밤에 는 알 수 없는 서늘함으로 몸을 떨기 시작했습니다. 그동 안 너무나도 힘겨운 하루 하루를 이를 악물고 견뎌야 했 습니다. 얼마나 더 견뎌낼 수 있을지...

바로 옆 철장에 누워있던 눈망울이 유난히도 맑았던 그

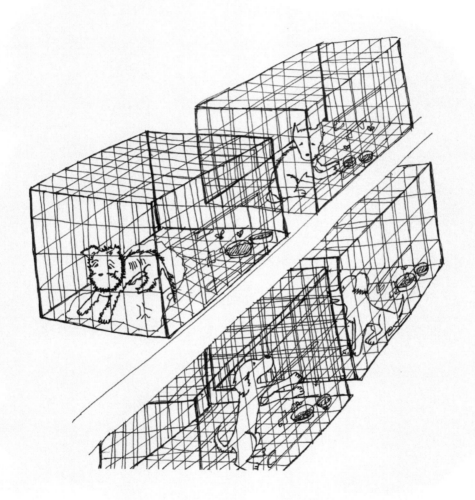

아이는 삼일 정도를 계속 토하더니 결국 어제 오후 그 외바퀴 수레에 실려 나가서 돌아오지 않습니다. 흰둥이가 다른 방에서 옮겨온 이후로 이 방에서만 벌써 세 친구가 그렇게 힘을 잃고 긴 잠에 빠진 뒤 옮겨졌습니다.

'그 많은 친구들은 어디로 간 걸까? 왜 다시 돌아오지 않지? 나도 긴 잠에 빠져 전혀 움직이지 않으면 어디론가 데려 가겠지? 그곳은 어딜까?'

흰둥이는 갑자기 다리에 힘이 빠지며 주저앉았습니다. 식사시간이 다 된 것을 아는지 주린 배는 괴상한 소리를 냈습니다. 배는 끊임없이 음식을 달라고 보채지만 왠지 입맛이 없고 힘이 계속 빠졌습니다. 온 몸이 비쩍 말라가고 털은 계속 빠지고 등과 엉덩이에는 붉은 반점이 퍼져 무척 가려웠습니다. 어젯밤에는 잘 닿지도 않는 그곳을 긁어 보려고 안간힘을 쓰다가 지쳐 잠에 빠져들었습니다.

"아아아앙! 으아아아앙! 나 집에 갈래. 배고파 죽겠어. 빨리 보내 줘! 아아앙! 엄마아아아... 엄마아아... 으아아앙!"

　오늘 아침도 어김없이 목이 찢어져라 울어댔습니다. 귀가 쫑긋하고 검은 털이 탐스러운 저 아이는 이곳에 온 후 며칠째 쉬지 않고 저렇게 울고 있습니다. 저러다가 하루 이틀이 지나면 포기한 채 우울한 신음소리를 또 며칠 간 뱉어내다가 그마저도 조용해 질 것입니다. 단지 배가 고파서 만이 아닙니다. 엄마를 다시 만나지 못할 것이라는 절망감으로 계속 깊은 잠에 빠져들 겁니다.

　"자자, 이 눔들아, 밥시간이다!"

　퉁명스런 쇳소리를 내뱉으며 일하는 아저씨가 사료가 가득 담긴 흰 양동이를 한 손에 들고 다른 손으로는 청소도구들을 바닥에 끌며 들어왔습니다. 철장을 모두 열고 익숙하고 빠른 손놀림으로 귀퉁이에 있는 밥그릇에 사료를 반주먹씩 채워나갔습니다. 그릇이 채워지기 무섭게 모든 아이들이 달려들어 목숨을 건 몇 초간의 식사시간이

끝납니다.

"아니, 이 녀석은 통 먹질 않네. 쯧쯧. 벌써 몇 달째 잘 견뎠는데..."

"아저씨, 저기 뒷마당에 애들 배설물이 장난이 아니에요! 빨리 치우라고 소장님이 난리에요!"

문 사이로 얼굴만 내밀고 사무실 아가씨가 짜증 섞인 몇 마디를 내뱉곤 가버렸습니다.

"야, 나두 바쁘다고 바빠! 내가 놀구 있는 걸로 보이는 거여 뭐여, 나참."

오늘도 어김없이 분주한 보호소의 하루가 시작되자 아직 힘이 남아 있는 아이들은 더욱 목청을 높여, 건물이 날아갈 듯 울어댔습니다.

"엄마아아... 엄마아아..."

슬픈 흐느낌 속에 간혹 찢어지는 듯한 외침이 이곳저곳에서 터져 나왔습니다.

"밥 더 주세요!"

"배가 너무 아파요!"

"등이 너무 가려워요!"

"집에 보내주세요!"

이것은 음악입니다. 합창입니다. 너무나도 애달프고 슬픈 오라토리오입니다. 아이들의 외침이 커져갈수록 흰둥이의 목소리는 더욱 잦아들고 팔다리에 힘이 더 빠집니다.

하지만, 아직 머릿속에 맴도는 또렷하고 행복한 순간들이 있습니다. 엄마의 그 따뜻하고 포근한 손길. 그 넓은 품. 사랑이 담뿍 담긴 그 미소... 엄마와 거닐던 바닷향기 그윽한 그 해변... 그 기억마저 희미해지면 정말 희망이 사라지는 겁니다. 흰둥이는 흐느끼며 작은 소리로 계속 되뇌었습니다.

'엄마, 엄마.'

2

샤르르륵. 커튼이 미끄러지듯 걷히자 눈부신 햇살이 방 안을 여지없이 두 쪽으로 갈라놓더니 순식간에 구석구석을 환하게 채웠습니다. 토요일 아침이 밝았습니다. 창밖으로 보이는 앞뜰에는 단풍나무가 하루가 다르게 붉어지기 시작했습니다.

"얘들아, 이제 일어나야지!"

단 꿈을 깨우는 엄마의 아침 오페라는 귓가를 간질이는 바람입니다.

"이러다 학교 늦겠다, 어서 어서. 너희들 보내 놓고 유기견 봉사하러 빨리 가야 된단 말야!"

　침대에서 꿈틀대고 있는 민지와 민찬을 번갈아 안아 주며 엄마는 작은 소란을 피웠습니다. 엄마의 유기견 봉사는 이번이 세 번째입니다. 루이가 홍역으로 무지개다리를 건너 별이 된 후 엄만 무척이나 우울하고 슬퍼했습니다. 금빛 찬란하던 루이는 그렇게 우리 곁을 훌쩍 떠나 버렸습니다. 해맞이 언덕 큰 단풍나무 아래 루이를 묻고 돌아오던 그날. 엄마랑 민지는 하염없는 눈물을 흘렸고 온 가족은 막내를 잃은 슬픔으로 무척 힘들었습니다.

　그로부터 약 한 달 뒤 한 인터넷 블로그를 통해서 엄마는 유기견에 대한 관심을 가지게 되었습니다. 웅이, 란이, 로또, 만복이가 민지네 집에서 임시 보호를 받다가 입양되어 새 가족을 찾아 갔습니다.

　"엄마, 이번에도 임보할 강쥐 데려올꺼에요?"

　민지가 잠이 확 깬 눈으로 엄마에게 묻습니다.

"봐서. 어쩌면 새 식구를 맞을 지도 몰라."

"정말? 그럼 이번엔 우리도 입양하는 거에요?

"아직 몰라."

"이이쁜 하얀 강쥐면 좋겠다잉!"

"또또, 앞서가긴..."

민지는 늘 예쁜 동생이 하나 있었으면 했습니다. 그래서 루이는 늘 사랑스러운 어린 동생이었습니다. 루이의 죽음은 민지에게 너무도 큰 아픔이었습니다.

"엄마아, 그러지 말고 이번엔 꼭 입양해요. 으응? 엄마!"

"기다려 보래두. 식구를 쉽게 들일 수 있니? 우리랑 맞는 아이를 잘 지켜봐야지."

민지를 달래고는 엄마는 주방으로 갑니다. 분주한 민지네 하루가 시작되었습니다. 아이들은 씻고, 옷을 갈아입고, 가방을 챙기고, 엄마는 현란한 손놀림으로 어느새 따뜻한 밥과 생선으로 식탁 위를 장식합니다. 입 안 가득 행복

이 채워지고 새로운 식구를 맞을 지도 모른다는 기대감에 민지의 입가에는 미소가 번져갑니다.

"엄마, 엄마!"

"응?"

"꼬옥 이쁘고 하아얀 아이. 알겠죠?"

"그래, 그래. 알았으니까 식사부터 하세요, 공주님!"

어느새 민지는 콧노래를 부르고 있었습니다.

3

　차가 입구를 향해 돌자, 보호소 밖 공터에는 벌써 몇 대의 차가 주차되어 있는 게 보였습니다. 차에서 내리자, 전쟁터 한가운데 투입된 나이팅게일들처럼 분주한 봉사자들의 진지한 움직임이 엄마를 더욱 재촉했습니다.

　"아이구, 우리 민지맘 오셨네."

　"서둘렀는데도 좀 늦었네요."

　"아니에요. 우리도 도착한지 얼마 안 됐어요."

　왕별여왕님의 반갑고 명랑한 인사에 이어 이곳 저곳에서 반가운 목소리가 엄마를 맞이했습니다.

"반가워요, 민지맘!"

"안녕하세요, 잘 지내셨어요? 꼭지사랑님."

바람결에 흔들리는 풍경소리처럼 봉사자들의 인사소리가 계속 이어졌습니다. 오늘은 총출동입니다. 모모사랑, 모찌언니, 나리패인, 모나리자, 폭풍마녀, 은둥애비, 토니아찌까지. 그리고, 낯선 얼굴들도 보였습니다. 즐거운 인사도 잠시, 모두들 제각각 하던 일로 다시 바빠졌습니다.

피부병도 지긋지긋하지만 파보나 코로나 따위가 휩쓸면 어린 강아지들에게는 그야말로 치명적입니다. 하지만, 날씨가 추워지는 이 시기에는 폐렴이 가장 무섭습니다.

"언니, 이것 좀 나눠 먹여 주실래요?"

"응응. 이리 줘."

상기된 얼굴의 모나리자가 건네주는 커다란 냄비에는 북어국이 한가득 김을 모락모락 뿜어내고 있었습니다. 보호소 안은 그야말로 전쟁터였습니다. 가장 급한 일은 몹시

굶주린 녀석들을 먼저 먹이고, 털이 너무 엉켜서 흉측한 몰골에 피부병까지 심한 아이들은 골라내서 빨리 미용을 해주어야 합니다. 약도 발라주는 것은 물론입니다. 강하고 역한 냄새는 그나마 참을 만합니다. 가장 견디기 힘든 것은 이미 손쓰기 힘들 정도의 아이들을 앞에 두고 아무것도 해줄 수 없는 자신을 추스르는 일입니다.

북어국을 거의 다 나눠줄 무렵, 엄마는 보호소 뒤뜰 쪽에서 뭔가 심상찮은 기운을 느꼈습니다. 빈 냄비를 든 채 서둘러 나가 보았습니다.

가슴 아픈 광경이었습니다. 덮어 놓은 작은 수건 아래로 나온 시추의 귀는 이미 죽음의 천사가 다녀간 듯 작은 움직임조차 없었습니다. 그 옆에는 페키니즈 한 마리가 힘없이 누워 거친 숨을 몰아쉬고 있었습니다. 이미 그 눈에 죽음의 그림자가 드리워져 있었습니다. 엄마는 울컥했지만, 약한 마음을 들키지 않으려고 애를 썼습니다.

바로 그때, 또 다른 한 마리의 강아지가 봉사자들의 주목을 받고 있었습니다.

"쯧쯧, 이젠 아예 먹지를 못하네. 어쩌죠?"

걱정스런 얼굴로 왕별여왕님이 흉물스런 강아지 한 마리를 어루만지며 근심을 쏟아냈습니다.

"얘는 왜이래요?"

"이 아이가 보호소의 기적이지요. 보통 몇 주 안에 주인이 나타나지 않으면 안락사를 시키는 데 용케 살아남았어요. 소장님 말로는 이 보호소에 온지 거의 7개월 됐다는군요. 정말 잘 견뎠는데 요즘 잘 안 먹고 피부병도 심해져 걱정이에요."

분명히 흰색이었을 엉켜버린 잿빛 털 사이로 맑고 힘없는 검은 눈동자가 애처롭게 엄마를 처다보았습니다. 애절한 그 눈빛은 엄마의 가슴을 움찔하게 했습니다.

"어쩌죠, 이 아이는..."

"오늘은 데리고 나가야 될 것 같아요. 병원에 가서 검사도 받고 피부병도 고쳐서 반드시 살려야죠. 좋은 가족에게 입양도 시키고요. 이 녀석은 우리 봉사자들의 희망이니까요."

봉사자들 중에서 가장 왕성한 활동을 하고 있는 왕별여왕님은 벌써 수년째 수없이 많은 유기견들을 거두어 아름다운 가족을 만들어 주었습니다. 왕별여왕님이 굳은 결심을 하고 말하는 걸 보니 이 아이에게도 희망의 손길이 닿은 겁니다.

"병원에 가서 큰 병이 없으면 임시보호를 시켜야겠어요."

듣고 있던 엄마는 자신도 모르게 불쑥 임시보호를 자청했습니다.

"병원에서 나오면 제가 임보를 하면 안될까요?"

"민지맘이 해주신다면 저야 대환영이죠!"

그렇게 엄마는 또 한 아이를 임시보호하게 되었습니다.

돌아오는 차 속에서 그 강아지의 애절한 눈빛이 계속 마음 속에 떠올랐습니다.

'고 녀석 참...'

　　엄마는 묘한 웃음을 지었습니다.

4

분명 엄마의 마음 한구석을 울렸습니다. 며칠 동안 머리에서 그 강아지의 눈빛이 지워지지 않고 맴돌았습니다. 그 아이가 민지네 집으로 온 것은 그로부터 꼭 2주 뒤였습니다. 그동안 우여곡절이 꽤나 있었습니다. 원인모를 심한 병으로 서울에 있는 큰 병원까지 갔다 온 후에야 녀석은 기운을 차리고 회복되기 시작했습니다.

띠잉~또옹.

왕별여왕님이 도착했습니다. 대문이 열리자, 환한 미소의 왕별여왕님이 점하나 없는 그야말로 흰둥이 한 마리를 안고 서서 인사를 했습니다.

"안녕하세요, 민지엄마!"

"안녕하세요, 어서 들어오세요!"

거실로 들어온 왕별여왕님은 강아지를 품에서 내려놓자마자 숨 가쁜 설명을 쏟아내기 시작했습니다.

"얘가 글쎄, 피부병이 하루가 다르게 좋아지더니 이렇게 새하얀둥이가 됐지 뭐에요. 그래서 병원에서도 계속 흰둥이라고 불렀어요. 어쨌든 예뻐서 입양은 금방 될 것 같아요."

"제가 입양하면 안 될까요?"

엄마는 마음을 먹고 계셨던 겁니다.

"그래요?"

"예, 그냥 여기서 입양 절차를 하는 게 어떨까요?"

"우와, 무척 마음에 드셨나보군요!"

민지와 민찬은 너무 기뻐서 믿기지 않는 듯 함성을 질렀습니다.

"엄마, 정말? 진짜 얘... 얘... 우리 식구가 되는 거예요? 우와, 만세!"

예상하지 못했던 왕별여왕님은 유쾌한 수다를 이어갔습니다.

"이 녀석이 복이 많구먼. 이 행복한 가정에 입양되다니...복덩이야...

아 참, 그리구 이름은 원하시는 대로 지으세요. 남자아이니까 잘 생각해서서.... 근데 좀 촌스럽게 짓는게 좋을 듯해요. 저희 봉사팀에 약간의 징크스가 있잖아요? 이쁘고 귀여운 이름 줬던 녀석들, 쉽게 별이 돼서요..."

"복덩이는 어때요?"

"복덩이? 좋긴 한데..."

왕별여왕님의 고개가 갸우뚱하기도 전에 민지가 불쑥 끼어들었습니다.

"엄마, 복동이 어때요? 복동이!"

"복동이? 복동이가 좋겠네."

엄마 얼굴에 미소가 번지자, 모두들 만장일치로 복동이라고 불러댔습니다. 민지도 계속 이름을 부르면서 흰둥이에게 애정공세를 펼쳤습니다. 흰둥이는 얼음이 되었습니다. 모든 것이 낯설고 조심스러웠습니다. 그러더니, 갑자기 연신 꼬리를 흔들어댔습니다.

"얘도 기분이 좋은가 봐요, 엄마. 계속 꼬리를 흔들어요!"

흰둥이는 주체할 수 없이 꼬리를 계속 흔들었습니다. 행복해서 꼬리를 계속 흔든다고 생각한 민지는 손뼉을 치며 흰둥이에게 다가갔습니다. 흰둥이는 갑자기 큰소리로 손뼉을 쳐대는 민지를 보곤 왠지 모를 불안감에 꼬리를 심하게 흔들며 뒷걸음질을 쳤습니다.

'이 놈의 꼬리, 왜 이러지?'

흰둥이는 불안하고 낯선 이 느낌을 감출 수 없었습니다.

5

지난 2주 동안은 흰둥이에게 꿈만 같은 시간이었습니다. 기적이 일어난것입니다. 비쩍 말랐던 몸은 살이 제법 올랐고 뒤엉켜 흉하기 그지없던 잿빛 털은 이제 새하얗고 차분한 털로 근사하게 제자리를 잡았습니다. 그렇게도 괴롭히던 피부병도 몰라보게 가라앉아 오른쪽 엉덩이에 좁쌀만한 붉은 점 몇 개만 남았습니다.

더 이상 배를 주리지 않아도 됩니다. 맛있는 사료와 생고기는 물론 이름 모를 향긋한 생선국을 며칠 동안 빠지지 않고 계속 먹었더니 온 몸에 힘이 솟아났습니다. 어젯

밤에는 태어나서 처음 맛보는 껌을 씹으며 황홀함마저 느꼈습니다. 이제는 희망이 생겼습니다. 엄마를 만날 수 있을 것만 같았습니다. 이 좋은 분들이 분명히 엄마를 찾아 줄 거라고 믿었습니다.

"복동아, 이제 이곳이 너의 집이야."

".........."

"우리 가족이 마음에 드니?"

".........."

민지가 다정하게 말을 걸며 손을 내밀자, 흰둥이는 꼬리를 흔들었습니다.

'내 엄마에 대해 물어 보는 건가?'

흰둥이는 민지의 얼굴을 살피고 무슨 말을 하는지 이해하려고 노력했습니다. 민지의 눈빛이 상냥하고 다정해서 흰둥이는 마음이 놓였습니다. 엄마를 꼭 찾아 줄 것만 같았습니다.

"멍멍!"

"뭐, 간식 줄까? 복동아."

이 집에 온 이후로 계속 복동이라고 부르는 것 같았습니다.

'전 흰둥이라고요. 우리 엄마가 붙여주신 이름이라구요.'

"엄마, 복동이가 자꾸 짖는대요, 배가 고픈 걸까요?"

"아까 많이 먹었는데, 설마?"

엄마가 식탁을 훔치시다 말고 의아해하는 표정으로 흰둥이에게 다가 갔습니다.

"하긴, 보호소에 그렇게 오래 있었으니 먹는 것에 대한 집착이 좀 강할 거야."

말이 떨어지기가 무섭게 엄마는 간식을 한 조각 꺼내서 흰둥이에게 내밀었습니다.

'배부른데. 또 먹으란 말인가요?'

난감한 흰둥이는 간식에 코를 대고 킁킁거리더니 간식을 살짝 물고 방석 위로 갔습니다. 그리곤 몇 번 씹더니 머리를 숙이고 이내 몸을 동그랗게 말고는 털썩 앉았습니다.

"배가 고픈 건 아닌가 봐요."

"그러게 말야. 녀석 아직 모든 게 낯설고 서먹한가보네."

민지네 집 마룻바닥은 너무 넓고 반들반들해서 미끄러지기도 하고 걸을 때 발톱 닿는 소리가 톡톡 났습니다. 엄마랑 살던 그 자그만 방바닥은 아주 폭신해서 흰둥이가 오래 서 있으면 발자국이 한 동안 남았다가 사라지곤 했습니다. 엄마가 주시던 간식은 냄새가 많이 나긴 했지만, 씹을수록 감칠맛이 나서 흰둥이가 무척이나 좋아 했었습니다. 그 모든 것이 무척이나 그리웠습니다.

"엄마, 내일은 놀토니까, 복동이 데리고 산책가요!"

"그래, 그게 좋겠다." 어떻게 해서든 녀석의 마음을 치유해서 진정한 식구로 만들고 싶은 엄마는 함께 즐겁게 보낼 수 있는 시간을 계획해 봅니다.

"아니, 이 것 좀 봐요, 여보! 세상에 여기다가 응가를 했네!"

아빠가 급하게 엄마를 불렀습니다.

"아참 나아, 이거 오늘 신문인데... 이런."

"어머, 이 녀석은 자꾸 신문지에 실례를 하네요."

엄마는 미안한 눈빛으로 아빠얼굴을 살폈습니다. 아빠가 중얼거리며 신문지 위의 변을 변기에 버리자 엄마는 남은 신문지를 챙겨서 옆으로 밀쳐놓았습니다. 구겨진 신문지 위로 아름다운 해변 사진이 담긴 광고가 보였습니다. 흰둥이는 그 해변 사진을 보곤 힘차게 짖었습니다.

"멍멍! 멍멍멍멍! 멍멍멍멍멍멍!"

그리곤 엄청 나게 빠른 속도로 제자리에서 돌았습니다.

"아니, 저 녀석은 뭘 잘했다고 까부는 거야!"

"아빠, 이 사진을 보고 자꾸 짖어요!"

민지가 신기한 듯 흰둥이를 쳐다보았습니다. 엄마는 다시 신문을 잘 펴서 흰둥이가 짖어 대는 사진을 자세히 보았습니다.

"이건 수정리 오색해변인데..... 이 녀석, 바다를 좋아하나 봐?"

흰둥이는 계속 빙글빙글 돌다가 다시 그 사진을 보고 짖었습니다.

"멍멍멍멍멍멍멍!"

흰둥이는 무언가를 열심히 말하고 있었습니다.

6

시간은 벌써 정오를 향해 열심히 달려가고 있으나, 불쌍한 해는 몇 점의 회색구름 뒤에서 안타까운 엿보기를 하고 있었습니다. 상쾌하지만 힘없는 바람은 작은 파도만 몇 번 일으키곤 무관심한 구경꾼처럼 목 뒤를 스쳐지나 갔습니다. 춥지도 덥지도 않은 수정리 오색해변은 가을을 흠뻑 뿜어내고 있었습니다. 공기 중으로 간간히 퍼져가는 즐거운 웃음소리와 모래사장 위에 찍히는 강아지의 명랑한 발걸음이 행복했습니다.

"엄마, 복동이가 기분이 정말 좋은가 봐요!"

"그러게 말야. 저 꼬리 세운 것 좀 봐. 뒤도 안돌아보고 어디를 저렇게 계속 가는지..."

흰둥이는 행진곡에 맞추어 행진하는 꼬마 병정처럼 경쾌하게 앞을 보고 열심히 발걸음을 옮겼습니다. 분명히 어디론가 열심히 향해 가고 있었습니다.

"멍멍멍!"

흰둥이는 문득 해변 끝자락에 있는 작은 갯바위에 멈춰 서더니 몇 마디 내뱉었습니다.

"멍멍멍멍멍멍!"

"복동이가 왜 저러죠?, 엄마."

"글쎄, 여기 와 본 적이 있나봐."

흰둥이는 계속 갯바위 주위를 맴돌며 뭔가를 찾고 있는 듯 했습니다. 그때 갯바위 옆에서 허리가 굽은 한 할머니가 작은 바구니를 들고 홀연히 나타났습니다. 그 순간 갑자기 흰둥이가 그 할머니에게 와락 달려들어서는 두 발로

바지자락을 몇 번 긁어대더니 그 앞에서 엄청난 속도로 빙글빙글 제자리 돌기를 했습니다.

"어머, 쟤가 왜 저러지?"

당황한 엄마는 할머니에게 급히 다가가서 말을 걸었습니다.

"놀래셨죠? 이 녀석 할머니가 좋은가 봐요."

할머니는 오랜만에 보는 손자를 안아주듯 흰둥이를 덥석 끌어안으며 작지만 다정한 목소리로 말했습니다.

"에이구, 이쁜 녀석. 고 녀석 참하게 생겼네."

흰둥이는 연신 할머니의 손에 코를 킁킁 대더니 급기야 혀로 핥기 시작했습니다.

"복동아, 이리와. 할머니 그만 괴롭히구!"

"아녜요, 괜찮아요. 허허... 이 녀석 꼭 흰둥이를 닮았구나."

흰둥이라는 할머니의 말에 엄마는 궁금해서 물었습니다.

"흰둥이라뇨?"

"내가 키우던 녀석이라우. 올 봄에 여기 바닷가 근처에서 잃어 버렸지 뭐유."

"이 녀석도 잠시 흰둥이라고 불렸었죠. 참 재미있네요."

묘한 우연이라고 생각한 엄마는 회상에 잠긴 듯한 할머니의 주름진 얼굴을 살피면서 안타까운 생각이 들었습니다.

그 순간, 할머니는 갑자기 바구니에서 자그마한 고기조각 같은 것을 꺼내들더니 불쑥 내밀었다.

"이걸 한 번 먹어 봐요. 내가 키우던 흰둥이가 즐겨 먹던 건데... 이 녀석도 좋아할 거야, 아마."

할머니의 말이 떨어지기가 무섭게 흰둥이는 코를 들이대더니 한 입 덥석 먹으려고 하자, 엄마는 급하게 그 고기를 받아들며 대답했습니다.

"아침에 엄청 먹어서... 나중에 집에 가서 먹일게요."

낯선 할머니가 갑자기 건네준 간식이 어딘지 미덥지 않았습니다.

엄마가 손에 쥔 그 고기는 지나치게 딱딱하고 왠지 좋지 않은 냄새가 났습니다.

"어쨌든 고맙습니다. 잘 먹일게요."

"꼭 먹여 봐요, 좋아할 거야"

다시 한 번 당부를 하더니, 흰둥이 머리를 야무지게 한 번 쓰다듬었습니다.

"잘 가라, 이쁜아!"

그리곤 할머니는 다시 갯바위 쪽으로 걸어가더니, 어느새 갯바위 뒤로 멀어져 갔습니다. 흰둥이는 사라지는 할머니를 보며 계속 짖었습니다. 엄마는 흰둥이를 쓸어안았습니다. 흰둥이의 엉뚱한 행동을 보면서 엄마는 흰둥이의 원래 주인이 나이든 할머니였을 지도 모른다는 생각을 했습니다.

"엄마, 그 고기는 뭐에요?"

"나도 잘 모르겠어. 근데 냄새가 좀 안 좋은걸."

엄마는 그 낯선 할머니가 주고 간 고기 조각을 가방 속에 아무렇게나 집어넣었습니다. 흰둥이를 아기처럼 안은 엄마는 민지와 다시 해변 쪽으로 걷기 시작했습니다.

7

산책에서 돌아온 이후로 흰둥이는 우울해 보였습니다. 방석에 머리를 축 늘어뜨리고 힘없는 눈을 반쯤 감은 채 가끔 꼬리를 이쪽저쪽으로 옮겨 놓곤 했습니다.

"복동아, 간식 먹자!"

계속 자신을 복동이라고 부르는 민지에게 흰둥이는 눈동자만 굴리며 조금도 움직일 생각을 하지 않았습니다. 맛있는 간식에도 시큰둥한 녀석의 기분을 어떻게 하면 좋아지게 할 수 있을지 민지는 고민합니다. 마침내 꼬마화가 민지는 흰둥이를 예쁘게 그려서 직접 보여주기로 결심했습니다. 새로 산 스케치북의 첫 장을 펼치고 먼저 연한 연필 한 자루를 쥐었습니다. 그리곤 힘없이 엎드려 있는 흰둥이의 모습을 유심히 관찰했습니다. 민지는 입가에 잔잔한 미소를 머금곤 익숙한 솜씨로 흰둥이의 윤곽을 그려나가기 시작했습니다. 탐스런 새하얀 털... 너무나도 착해 보이는 까만 눈동자... 다소곳하게 앞으로 내민 앞발... 흰둥이의 모습을 하나씩 스케치북에 그려내면서 말 못할 행복이 밀려 왔습니다. 두 팔을 괴고 한참 그렇게 열심히 그림을 그렸습니다.

그림이 거의 다 완성되어 갈 무렵, 팔꿈치와 어깨가 저려와 민지는 연필을 내려놓고 흰둥이처럼 머리를 축 늘어뜨리고 팔을 앞으로 뻗은 채 잠시 눈을 감았습니다. 눈을 감아도 흰둥이가 보였습니다. 편안한 자세로 민지는 그렇게 움직이지 않았습니다. 그렇게 한참을 있었습니다.

"우와, 이거 정말 맛있다!"

민지는 눈을 번쩍 떠서 소리 나는 쪽으로 몸을 돌렸습니다. 흰둥이가 구석에 놓아둔 가방에 머리를 박고 있었습니다. 민지의 움직임을 눈치 챈 듯 흰둥이는 뒤돌아보면서 말했습니다.

"이게 내가 즐겨 먹던 울 엄마 간식이야. 빨리 그 해변으로 다시 가야해, 빨리!"

분명히 흰둥이였습니다. 민지는 너무 놀라 입을 반쯤 벌린 채, 흰둥이가 하는 말을 넋 나간 듯 듣고만 있었습니다.

"빨리 엄마 있는 데로 날 데려다 줘. 으응!"

"너... 너... 지금 마... 말하고 있는 거니? 복..동..아.."

놀란 민지는 제대로 말을 잇지 못했습니다.

"내 이름은 흰둥이야, 흰둥이. 그리구 복동이는 너무 촌스럽지 않아?"

"니가 어..떻..게 사람 말을 하는 거니?"

"사람 말이라니... 말이 말이지 사람 말이 있구 강아지 말이 있어? 서로 알아들으면 되는 거지!"

"넌 '멍멍'그래야 되잖아. 그리고 사람은 강아지 말을 못 알아듣는데..."

"난 니가 무슨 말하는 지 다 알겠는 걸."

믿을 수 없는 이 순간을 민지는 꿈이라고 생각했습니다.

'그래, 이건 꿈이야. 분명히 꿈 일거야!'

"그건 그렇고, 빨리 우리 엄마한테 다시 데려다 줘!"

틀림없이 말을 하고 있는 강아지를 보면서 민지는 놀란 듯 물었습니다.

"무..슨.. 엄마?"

"아까 바닷가에서 만난 우리 엄마 말야, 이 맛있는 간식 주신...."

"그.. 할머니?"

"할머니라니? 그분은 내가 태어났을 때부터 내 엄마였다

구! 그 바닷가에서 엄마를 잃어버리고 내가 얼마나 힘들게 살았는지 알아?"

"무슨 소리하는 거니? 그 할머니는 너를 못 알아보던데..."

"그건 나도 왠지 모르겠어. 계속 불렀는데도 모른 척하고 가버리셨어. 어쨌든 다시 엄마한테 가야해! 가서 왜 간식만 주고 가셨는지 물어볼 거야. 절대 날 버리실 분이 아냐!"

"그 간식은 냄새나고 상한 것 같아서 울 엄마가 버리시려고 그랬는데.."

"무슨 소리야? 내가 늘 먹던 건데!"

도대체 흰둥이가 하는 말을 믿을 수 없는 민지는 무엇을 어떻게 해야 할지 두렵기까지 했습니다. 그때 흰둥이가 입을 열었습니다.

"참, 너 이름 민지 맞지? 니 엄마가 그렇게 부르는 것 같던데.."

어이없는 민지는 고개만 천천히 끄덕였습니다.

"근데, 너 그림 정말 잘 그리더라. 그 큰 종이에 그려 놓은 거... 나 맞지?"

민지는 다시 고개만 끄덕였습니다.

"다음에 울 엄마 다시 만나면 엄마랑 나랑 같이 있는 거 하나만 그려줘."

"으....웅"

신음하듯 짧은 대답을 뱉어낸 민지는 갑자기 궁금해졌습니다. 엄마는 어디 계신 걸까? 천연덕스럽게 말을 하고 있는 저 녀석을 엄마도 보시고 내가 미치지 않았다는 걸 증명해줘야 하는데....

8

"복동이, 이 녀석. 너 뭐 먹니?"

엄마 목소리였습니다. 민지는 반쯤 뜬 눈으로 엄마 목소리가 나는 쪽으로 몸을 돌렸습니다.

"민지야, 넌 왜 거기서 그러구 자구 있니? 복동이가 상한 간식 다 먹어 치울 때까지... 에이. 오자마자 바로 치웠어야 하는 건데..."

민지는 벌떡 일어나더니, 눈을 동그랗게 떴습니다.

"엄마, 엄마, 그... 그... 할머니 있잖아요? 글쎄 그... 할머니가 흰둥이 엄마래요! 아니, 복동이 엄마요!"

"너 무슨 소리하는 거야? 무슨 흰둥이 엄마? 복동이 엄마는 또 누군대?"

"아니, 아니. 저 복동이가 원래 이름이 흰둥인데요."

"그건, 나도 알잖아. 왕별여왕님이 병원에서 흰둥이라고 불렀다고..."

"아니, 그게 아니라. 쟤가 원래부터 이름이 흰둥이었대요. 글구 우리가 해변에서 만난 그 할머니가 저 녀석 엄마래요! 아니, 주인요!"

"뭐어? 누가 그래?"

"복동이가요. 아니, 흰둥이죠. 아니, 이젠 복동이죠."

어이없고 황당한 엄만 씨익 웃으며 민지를 노려보았습니다.

"우와, 우리 민지 개그 수준이 예사롭지 않네. 허허. 그럴싸해."

"그 할머니가 준 그 냄새나는 고깃덩어리를 먹더니 복동이가 저한테 사람처럼 말을 했어요!"

민지는 사뭇 진지했습니다. 엄마는 더 이상은 안되겠다는 듯 목소리를 낮췄습니다.

"민지야, 이제 그만해!"

"진짠데…"

너무도 진지한 민지 얼굴을 쓰윽 살피시던 엄만 다시 부드럽게 말씀하셨습니다.

"우리 민지가 복동이한테 신경을 많이 쓰나 보네. 재밌는 꿈을 다 꾸고…"

민지는 분명히 피곤해서 엎드려 있었지만, 그것이 절대 꿈이 아니었다는 것을 알고 있었습니다. 더 이상 우기다간 엄마한테 미쳤다는 소리까지 들을 지도 모른다는 생각에 민지는 갑자기 말을 바꾸었습니다.

"이번 주말에 다시 오색해변에 가면 안돼요?"

"그러지 뭐."

엄마는 성의 없이 답하곤 부엌을 정리하시기 시작했습

니다.

그때, 흰둥이가 조용히 다가와서 민지를 올려다보았습니다. 민지는 아주 작은 목소리로 말했습니다.

"너... 다시 한 번 말해봐. 울 엄마한테 큰소리로 말야."

"멍멍!"

명랑한 흰둥이의 대답을 들은 민지는 혼란스러웠습니다.

'내가 진짜...꿈을 꾸었었나?'

'아냐, 아냐. 그럴 리 없어. 이 녀석의 비밀을 꼭 밝혀낼 테다!'

9

엄마를 설득하는 일은 쉽지 않았습니다. 집 앞에서 몇 발작만 나가면 산책로 인데, 굳이 오색 해변까지 가냐고 불평하셨습니다. 차가운 바닷바람에 감기가 걸릴지도 모른다고 생각하셔서 저를 나무라기까지 했습니다.

"엄마아아... 딱 한 번만. 난 바다가 너무 좋단 말이에요. 더 추워지기 전에 딱 이 번 한번만...."

민지는 살짝 찡그린 오른쪽 눈 위로 검지를 세우고 온갖 애교를 날렸습니다.

"하여간, 쪼끄만게 고집은 세서..."

대신 엄마는 조건을 내걸었습니다.

"딱 30분만 바람 쐬고 와선 주말 숙제 다 해 놓기다."

민지는 멈칫했지만, 흰둥이의 주인을 꼭 다시 만나서 궁금증을 해결하고 싶었습니다. 분명히 오늘 그 자리에 그 할머니가 다시 있을 거라는 생각을 지울 수가 없는 민지는 아부 섞인 허리를 굽혔습니다.

"그럼요, 어마마마!"

지난주보다 날씨가 더 쌀쌀해진 오색해변은 바람이 훨씬 강하게 불고 있었습니다.

"바람도 심하고 추운걸. 그냥 집에 가자, 민지야!"

"그냥 조금만 걷고 빨리 올게요!"

민지는 흰둥이를 안고 재빨리 차에서 내렸습니다. 내리자마자, 민지와 흰둥이는 뒤도 돌아보지 않고 갯바위가 있는 해변 끝자락으로 부지런히 걸었습니다.

"같이 가, 민지야!"

부르는 엄마의 목소리에도 아랑곳하지 않고 거의 뛰다시피 걸었습니다. 순식간에 엄마를 뒤로 하고 모래사장 중간쯤에 도달했습니다.

"야, 이제 우리 둘이니까, 한 번 말해봐. 복동아. 아니, 흰둥아."

"멍멍!"

비밀을 간직한 비밀요원이 서로만 알 수 있는 암호를 대듯 그렇게 흰둥이는 나직이 무언가를 말했습니다. 민지가 흰둥이에게 몸을 숙이자 흰둥이는 재빨리 몸을 돌려 달리기 시작했습니다. 순간 민지는 흰둥이의 목줄을 놓치고 말았습니다. 목줄을 끌면서 흰둥이는 번개 같은 속도로 갯바위 쪽으로 치달았습니다.

"복동아아아! 흰둥아아아!"

민지의 외침은 바람에 실려 엄마에게 길잡이가 되었습니다.

엄마도 걸음을 재촉하기 시작했습니다. 민지가 갯바위에 도달했을 즈음에는 흰둥이가 벌써 갯바위를 몇 바퀴 돌고 난 뒤였습니다.

"야아.. 야아.. 이... 녀..서억... 그렇게.. 갑자기.. 뛰면 어떡하니..헉헉."

"멍멍멍멍멍멍멍!"

흰둥이는 갯바위 주위를 계속 돌면서 힘차게 외쳤습니다. 어느새 흰둥이의 발은 바닷물에 젖어 모래로 발토시를 만들었습니다. 갯바위 주위에는 사람의 흔적이라곤 전혀 찾아 볼 수 없고 강한 바람에 파도만 성난 맹수처럼 달려들어 해변을 핥고 급하게 물러나곤 했습니다.

민지는 갑자기 슬퍼졌습니다. 이 바람 불고 추운 날 억지로 우겨서 모두를 이곳에 오게 한 자신이 원망스럽기 시작했습니다. 엄마에게 너무 미안했습니다. 하지만, 흰둥이는 애절하게 누군가를 찾고 있는 게 분명했습니다. 그때

갑자기 흰둥이가 갯바위 아래쪽을 앞발로 몇 번 긁더니,
작고 빛나는 뭔가를 물고 왔습니다.
"그게 뭐야? 복동아!"
흰둥이가 민지 손에 조용히 내려놓은 것은 작은 목걸이
였습니다. 줄이 끊어진 하트 모양의 강아지 목걸이였습니다.

민지가 쪼그리고 앉아 손으로 조심스럽게 몇 번 쓸어
낸 목걸이에는 희미하게 글자가 보였습니다.

흰둥이 (070)4123-1655

민지는 너무 놀랐습니다. 벌떡 일어서더니 뒤를 돌아보
며 목청껏 외쳤습니다.
"엄마아아! 엄마아아!"

10

집으로 돌아온 민지와 엄마는 흰둥이가 물어 온 목걸이를 놓고 옥신각신했습니다.

"이게 바로 복동이가 흰둥이라는 증거잖아요?"

"그게 무슨 소리야? 그냥 복동이가 우연히 주운 걸 가지고..."

그 말에 민지는 더욱 흥분하기 시작했습니다.

"이 녀석이 잃어버린 자기 주인을 찾아 달라고 우리한테 부탁하는 거라니까요!"

"민지야, 이제 그만 좀 해라! 진정하고 숙제나 해~ 좀."

엄마의 강력한 반발에 막혀 민지는 더 이상 대꾸하지 못하고 말문을 닫았습니다. 악다문 입술 위로 코끝이 찡 해오더니 눈가에 눈물이 핑 하고 돌았습니다. 민지는 자신을 전혀 믿어주지 못하는 엄마가 원망스러웠습니다.

안방으로 들어 온 엄마도 마음이 편치는 않았습니다. 새로 입양된 강아지에게 이상한 집착을 보이는 민지가 약간 걱정되었습니다. 엄마 또한 왜 하필 거기 그 목걸이가 있었는지 궁금하기는 마찬가지였습니다.

'그 할머니가 해변에서 잃어버린 강아지가 흰둥이라고 하긴 했는데...'

'복동이를 보고 손주 보듯 그렇게 좋아하셨는데... 복동이도 할머니를 무척 따랐고...'

엄마는 복동이를 그 할머니가 입양한다면 더 좋을지도 모른다는 생각이 들기 시작했습니다. 왠지 그 할머니에게 간다면 서로 더 행복할거란 느낌이 들었습니다. 엄마는 이런 저런 생각을 하다가 거실로 슬그머니 나가 보았습니다. 민지는 거실 앉은뱅이 탁자 귀퉁이에 두 팔로 얼굴을 괴고 무거운 표정으로 숙제를 막 하려는 참이었습니다.

"민지야, 만약 니 말대로 그 할머니가 복동이 주인이라면, 넌 마음 편히 보내줄 수 있니?"

민지는 고개를 들고 생각에 잠시 잠기더니 금새 얼굴의 작은 미소를 띠며 말했습니다.

"주인이라면, 돌려 줘야죠! 우린 또 다른 강쥐 입양하면 되잖아요?"

민지의 어른스런 대답에 엄마도 살짝 웃어 보이며 말했습니다.

"그럼 그 전화번호로 전화라도 한 번 해 볼까?"

"정말요? 그럼 지금 당장 해봐요!"

뚜우우우우우우우. 뚜우우우우우우우. 뚜우우우우
우우. 딸깍.

(여보세요?)

"아, 예. 여보세요? 저 혹시 거기 강아지 잃어 버리셨나요?"

(예? 강아지요? 저희는 강아지 안 키우는데요.)

전화기 너머로 나이가 든 아주머니의 무성의한 목소리
가 들렸습니다.

"그래요? 저희가 강아지 이름이 적힌 목걸이를 하나 주었는데요, 이 전화번호가 적혀 있어서요."

(으음. 이상하다. 우린 강아지가 없는데...)

"흰둥이라고 모르세요?"

(흰둥이요? 흰둥이라.... 아아, 흰둥이이이!)

"아세요?"

(예. 저희 집 모퉁이 방에 사시던 할머니가 키우던 강아지인데요...)

"할머니는 이사 가셨나요?

(그게, 참 안타까운 일이에요. 그 흰둥이를 요 앞 수정리 오색해변에서 잃어버린 뒤 몇 날 며칠을 찾아 헤매시던 할머니가.... 한 일주일 뒤엔가 새벽에 평소에 앓던 지병으로 돌아가셨어요. 쯧쯧. 자식도 없이 그 녀석 하나 보고 외롭게 사셨는데... 우리 집 전화를 같이 쓰셨는데... 남동생이라는 사람한테서 일 년에 두어 번 전화 오는 게 다였으니

까요.)

아주머니가 하는 이야기를 듣고 엄마는 뭔가 일이 꼬이고 있다는 걸 직감했습니다.

"예, 잘 알겠습니다. 고맙습니다."

딸깍.

"민지야, 이 목걸이 주인은 돌아가셨대. 또 다른 흰둥이가 그 해변에서 길을 잃었었나봐."

"예?"

묘한 우연들이 얽히는 것 같아 민지와 엄마의 머릿속은 갑자기 복잡해졌습니다.

11

흰둥이는 앞뜰 벤치 아래에 쪼그리고 앉아 슬픈 얼굴로 대문 밖을 바라보고 있었습니다.

'이제 다시는 엄마를 보지 못할 지도 몰라.'

흰둥이는 생각했습니다. 절망감이 밀려 왔습니다. 흰둥이 눈가엔 눈물이 고이기 시작했습니다.

'그 힘들었던 보호소 생활도 엄마를 생각하며 열심히 견뎠는데... 이제 엄마는 언제, 어디서 다시 만날 수 있을까?'

온 몸에서 기운이 빠지는 것을 느꼈습니다. 그러더니, 흰둥이는 힘없이 고개를 떨구고는 털썩 주저앉았습니다. 그렇게 한참을 엎드린 채 그리운 엄마 얼굴을 떠올리며 흐느꼈습니다.

("흰 둥 아아아.")

어디선가 나직하고 다정한 목소리가 흰둥이를 가만히 불렀습니다. 분명히 민지나 민지엄마가 아닌 다른 목소리였습니다. 하지만, 익숙한 목소리였습니다. 흰둥이는 무의식적으로 몸을 돌렸습니다. 눈물에 젖어 모든 것이 수채화처럼 아른 거렸습니다.

("흰 둥 아아.")

순식간에 네 발로 서서, 목소리가 더욱 분명해진 쪽으로 뚫어져라 바라 보았습니다.

("흰둥아.")

단풍나무 앞에 한 사람이 서 있었습니다. 무서운 마음에 꼬리를 내리고 눈을 깜빡거리며 눈물을 닦았습니다. 곧 흰둥이만 기억하는 익숙한 냄새가 코를 자극했습니다.

너무나도 그리워했던 그 냄새였습니다. 바로 엄마였습니다.

"엄마!"

외마디 소리를 지르며 흰둥이는 엄마에게 달려갔습니다. 엄마는 냉큼 흰둥이를 품에 안았습니다. 너무나도 익숙한 엄마냄새였습니다. 흰둥이는 입을 맞추고 혀로 볼을 핥고 주체할 수 없는 기쁨으로 온몸을 연신 떨었습니다.

"엄마! 엄마! 왜 이제 오신 거예요! 어디 계셨던 거예요? 제가 얼마나 엄마가 보고 싶었는지 아세요?"

("미안해. 엄마도 니가 너무 보고 싶어서 많이 힘들었단다.")

"왜 이제 오셨어요? 엉엉."

흰둥이는 그 동안에 겪었던 그 모든 힘든 시간들이 생각나서 엄마 품에 안겨 목 놓아 울었습니다.

("어이구, 내 새끼. 울지 마. 울지 마.)

엄마는 거칠고 주름진 손으로 흰둥이의 등을 계속 쓸었

습니다.

"왜 바닷가에서는 절 모른 척 하셨어요?"

("미안해. 그럴 사정이 있었단다.")

"엄마가 늘 주시던 그 간식 하나만 달랑 주고 가시면 어떡해요?"

흰둥이는 그동안의 모든 넋두리를 한꺼번에 쏟아냈습니다.

"이제 빨리 우리 집에 가요!"

흰둥이의 말에 엄마는 머뭇거리며 망설이는 듯 했습니다.

"빨리 우리가 살던 수정리 재래시장에 가자구요, 엄마!"

("저어. 흰둥아. 이제 너는 이 곳에서 살도록 해라.")

엄마의 말에 흰둥이는 어이가 없는 듯 되물었습니다.

"예? 왜요?"

엄마는 대답 대신 흰둥이의 볼을 어루만지며 조용히 눈물을 떨구었습니다. 엄마의 눈물을 본 흰둥이는 같이 눈시울을 붉히며 화난 목소리로 물었습니다.

"말해보세요! 왜요? 왜 제가 이 집에서 살아야 하냐구요?...... 이제 제가 싫어지신 거예요? 예?"

엄마는 흰둥이의 머리를 쓰다듬으시며 조용한 목소리로 말하셨습니다.

("아니, 아니야. 엄만 널 영원히 사랑할거야.")

"그럼 왜요?

엄마는 여전히 차분한 목소리로 말을 이어 갔습니다.

("이제 난 너랑 같이 살 수 없어. 엄만 이미 이 세상 사람이 아니란다. 우리 사랑하는 흰둥이를 마지막으로 한 번 보기 위해 무지개다리를 건너지 않고 오랫동안 기다렸단다.")

"무지개다리라뇨? 이 세상 사람이 아니라뇨?"

("너도 나이가 들어 죽게 되면 무지개다리를 건너 와 엄마별 옆에 있게 될 거야. 그 때까지 예쁜 새 가족과 함께 행복하게 살도록 해.")

"죽는 게 뭐예요? 엄마."

("그건 모든 생명이 겪게 되는 중요한 과정이란다. 몸은 죽어서 다른 많은 생명들이 꽃피도록 도와주고 난 뒤, 영혼은 무지개다리를 넘어가서 이 세상을 비추는 아름다운 별이 되는 거란다.")

"엄마는 죽은 건가요?"

("그래. 이제 흰둥이를 다시 보았으니 엄마는 마음 편히 먼 길을 갈 수 있겠구나.")

"저도 지금 같이 갈래요! 저도 지금 죽으면 되잖아요!"

("지금은 아냐. 너의 그 아름다운 모습으로 많은 사람들에게 진정한 행복을 많이 선물한 뒤에 때가 되면 엄마를 보러 오게 될 거야. 그때까지 씩씩하고 명랑하게 살도록 해야 한다, 흰둥아.)

엄마는 흰둥이를 다시 한아름 꼭 안아 주신 뒤에 바닥에 내려놓으며 따뜻한 미소로 작별인사를 하셨습니다.

("잘 있어. 행복해야 해. 우리 사랑하는 흰둥이.")

엄마는 갑자기 일어서셨습니다. 묻고 싶은 말이 너무나도 많은 데, 하고 싶은 말이 너무 많은 데... 엄마는 이제 떠나려 하고 있었습니다.

"엄마아! 엄마아!"

엄마를 잡기 위해 필사적으로 달려들었습니다. 순간, 엄마는 연기처럼 사라졌습니다. 흰둥이는 단풍나무를 앞발로 긁으며 목이 찢어져라 외쳤습니다.

"엄마아아아아아! 엄마아아아아아!"

시리도록 붉은 단풍이 우수수 떨어졌습니다.

74

12

늦은 오후, 일기예보에서 저녁 늦게 내릴 거라는 비가 벌써 창가에 한 방울 씩 맺히기 시작했습니다.

"어머, 벌써 비가 내리기 시작하네."

저녁 찬거리 몇 가지를 사 오시려고 생각했던 엄마는 망설였습니다. 갑자기 귀찮아지면서, 있는 걸로 대충 저녁을 차릴까 하고 냉장고 쪽으로 다가가 문을 열고 안을 살폈습니다.

"엄마, 복동이가 안 보여요!"

민지가 놀란 듯 주의를 훑어보며 엄마를 불렀습니다.

"뭐?... 어디 구석에 엎드려 자고 있겠지."

"전혀 안 보이는데요!"

불현 듯 걱정이 되었습니다. 혹시라도 베란다 문이 열려 있어서 앞뜰로 나갔을 수도 있습니다. 그러다, 마당 모서리에 있는 작은 개구멍을 통해 대문 밖으로 나갔다면 큰일입니다. 민지네 집에서 200 미터 정도만 나가도 차가 다니는 큰 길이었습니다.

"엄마, 여기 베란다 문이 열려 있어요!"

가슴이 철렁 내려앉았습니다. 길 잃은 강아지를 데려다 다시 길을 잃게 한다면 정말 몹쓸 짓이 아닐 수 없습니다.

"엄마아, 엄마아! 복동이가!"

불길한 목소리로 민지가 앞뜰 쪽에서 황급히 엄마를 불렀습니다.

엄마는 급하게 슬리퍼를 끌면서 밖으로 나갔습니다. 민지가 단풍나무 아래에서 흰둥이를 안고 울먹이는 표정으로 엄마를 바라보았습니다.

 "엄마, 복동이가 이상해요!"

 잠이 든 것 같은 흰둥이는 온 몸을 바들거리며 작은 신음소리를 계속 뱉어냈습니다. 뭔가 심상치 않음을 느낀 엄마는 약간 떨리는 목소리로 민지를 안심시켰습니다.

 "괜찮을 거야. 빨리 집 안으로 데리고 들어가자!"

집 안으로 흰둥이를 옮긴 엄마는 다급히 전화를 하기 시작했습니다.

"안녕하세요? 왕별여왕님! 저 민지 엄마예요. 우리 동호회 후원하시는 병원 전화번호가 어떻게 되죠? ... 복동이가 좀..."

엄마는 잠시 동안 통화를 하시더니 전화를 끊고 흰둥이를 다시 살폈습니다. 여전히 몸을 떨고 신음소리를 냈습니다. 간혹 기침도 했습니다. 어느덧 굵어지고 있는 빗방울에 앞뜰 단풍나무의 잔가지들이 사정없이 흔들리기 시작 했습니다.

13

"다행입니다."

의사 선생님의 한 마디에 모두가 얼굴빛이 밝아 졌습니다.

"약간 폐렴기가 있긴 한데, 입원할 정도는 아닙니다. 제가 드리는 약 가져가서 먹이고 따뜻하게 해주세요. 그리고 엉덩이에 있는 피부병도 아직 완전히 다 나은 게 아니니까 연고 계속 발라 주시면서 신경을 좀 쓰셔야 할 겁니다."

"휴... 다행이네요. 감사합니다."

왕별여왕님이 오히려 더 크고 밝은 소리로 의사 선생님께 머리를 숙였습니다.

"직접 이렇게까지 안 오셔도 되는데..."

한걸음에 달려와 준 왕별여왕님에게 엄마는 고마움을 표시 했습니다.

"무슨 소리에요. 제 손으로 거두어들인 녀석들은 다 제 새끼들입니다. 어디에 있든, 제 자식들이나 다름없죠!"

엄마와 왕별여왕님은 서로 두 손을 맞잡고 따뜻한 미소를 주고받았습니다.

흰둥이는 1주일 정도가 지나면서 회복되기 시작했습니다. 한결 밝아진 흰둥이의 눈빛에 민지는 잃었던 동생을 다시 찾은 것처럼 무척 기뻤습니다.

"이 녀석, 너 정말 죽는 줄 알았잖아!"

흰둥이의 등을 쓰다듬으며 민지는 다정하게 속삭였습니다. 그러더니, 고개를 가만히 돌려 한 번 쓰윽 주위를 살펴보았습니다. 엄마는 앞뜰에 계신 게 분명했습니다. 민지는 흰둥이에게 바짝 다가가서는 거의 코를 맞대고 모기소리 같은 목소리로 말했습니다.

"야, 이제 한 번 말해봐... 너 흰둥이 맞지? 흰둥이로 불러줄까?...빨리 말해봐. 내숭떨지 말고... 너 나한테 직접 말했잖아... 너 나 바보로 만들 거야?"

민지는 범죄자를 추궁하는 형사처럼 실눈을 뜨고 흰둥이를 다그쳤습니다.

그때, 앞뜰에서 텃밭을 손보시던 엄마가 복동이 약 먹일 시간에 맞추어 들어오셨습니다. 그리곤 밝고 큰소리로 불렀습니다.

"복동아아아! 약 먹자아아아!"

그 말을 듣자마자 흰둥이는 벌떡 일어서더니, 엄마에게 달려갔습니다. 놀라운 일이었습니다. 늘 복동이라고 불러도 고개만 들고 몇 번 짖고, 고개를 갸우뚱 거리던 녀석이 복동이라는 이름에 이렇게 밝게 뛰어 온 것은 이번이 처음이었습니다. 엄마도 약간 놀라고 내심 기뻤습니다. 엄마는 씻지도 못한 손을 옷에다 쓱쓱 닦고는 '복동이'를 쓸어 안았습니다.

"아이구, 그래. 이 녀석... 이제 니가 복동이란 걸 알게 된 거야? 약 먹고 빨리 다 나아야지.

"멍멍멍멍멍!"

'복동이'는 엄마의 말을 모두 알아들었다는 듯 경쾌한 대답을 했습니다.

"이제 엄마랑 여기서 같이 오래오래 행복하게 사는 거야, 알겠지?"

엄마의 그 말이 떨어지기가 무섭게 '복동이'는 품에서 뛰어내려 엄청난 속도로 빙글빙글 제자리 돌기를 했습니다. 그리곤 엄마의 다리에 자기 앞발을 올렸다 기분 좋게 한 번 튕기더니 다시 빙글빙글 제자리 돌기를 했습니다.

민지는 미소를 머금고 그 모습을 쳐다보았습니다. 이제 더 이상 흰둥이는 그 곳에 없었습니다. 민지는 두 팔을 있는 힘껏 벌리곤 집이 떠나가라 큰소리로 불렀습니다.

"보옥 또옹 아아아아아!"

자신을 부른 소리를 들은 '복동이'는 몸을 돌려 쏜살같이 달려가 민지의 품에 뛰어 들었습니다.